CAMILLE DELTHIL

POËMES PARISIENS

MISS CORA

FRAMÈS — ANGÉLIQUE

PARIS

ALPHONSE LEMERRE, ÉDITEUR

27-29, PASSAGE CHOISEUL, 27-29

—

M DCCC LXXIII

CAMILLE DELTHIL

POËMES PARISIENS

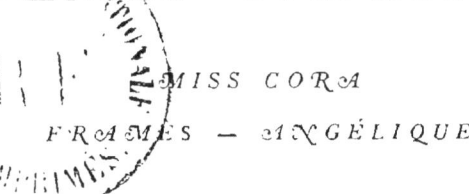

MISS CORA
FRAMES — ANGÉLIQUE

PARIS

ALPHONSE LEMERRE, ÉDITEUR

27-29, PASSAGE CHOISEUL, 27-29

M DCCC LXXIII

AU NARRATEUR PUISSANT ET CHARMANT

DU *Bouscassié*

ET DE *la Fête votive de saint Bartholomée-Porte-Glaive :*

A MON COMPATRIOTE

LÉON CLADEL

Ami,

A toi, l'auteur déjà célèbre (passe-moi le mot) des Paysans, je dédie, comme par contraste, ces petits poëmes parisiens, parus épars sous le second Empire.

Si je les réunis en un volume pour les publier aujour-d'hui, après de trop longues hésitations, n'est-ce pas sur ton conseil, j'allais dire sur ton insistance? Les esprits formalistes et tatillons, la caste en est nombreuse, trouveront peut-être que mes vers ont perdu la saveur de

a

l'actualité et se sont moisis sur la planche; que l'Empire et ses mœurs sont loin, et que nous devons aujourd'hui nourrir notre esprit et notre cœur de cette forte moelle de science et de sapience qu'on ne saurait trouver au fond des romans et des chansons. A cela je répondrai, avec toute l'humilité d'un profond coupable, que le mérite de mes poëmes, si mérite il y a, consiste précisément en ce qu'ils ne sont pas des satires après coup osées, que d'ailleurs la vérité est de tous les temps, et qu'enfin les réalités d'hier ne sont pas, ainsi que certains seraient trop portés à le croire, devenues tout à fait de vaines ombres. Ceux qui, comme nous, hélas! ont vécu ces vingt dernières années d'abâtardissement et d'absolutisme, pourront encore dévisager aisément mes héroïnes et mes héros. Framès, n'est-ce pas l'amoureux sentimental et charmant, rêveur, curieux, idéologue, un peu charnel aussi, regain de la génération passionnée de 1830, qu'attire et fascine Paris, cette « goule cruelle aux âmes naïves, » pour me servir d'une de tes belles expressions, et qui, cherchant l'idéal et n'ayant trouvé que le vice, le vice bas et crapuleux, va mourir au loin, et un lieu solitaire, moitié gâteux, moitié stérile, les yeux tournés vers cette terre promise de l'amour virginal où un reste de pudeur lui a défendu de pénétrer?

Et Cora? ne l'as-tu pas vingt fois rencontrée? sur le boulevard, au bois, aux « premières » ou chez la petite comtesse de Gamiani? Elle est morte, dit-on... Est-ce bien sûr?

Quant à la baronne Angélique, on peut la dater d'hier, celle-là, comme d'aujourd'hui, comme de demain, car elle est éternelle!...

Mais à quoi bon, ami, entrer dans de pareils détails? le poëte n'appartient-il pas tout entier à la critique, et quelle opinion peut-il avoir le droit de formuler en public sur l'œuvre de son esprit et de son cœur?

En somme, ceux qui nient le poëte m'inspirent moins de crainte, je l'avoue, que les renégats, sots ou cruels, de la poésie elle-même. J'en connais qui sérieusement vous disent : « Bah! sous une République, il y a autre chose à faire et surtout autre chose à lire que des vers, et tous vos contes bleus sont peu propres à donner aux générations en travail les virilités qui leurs manquent. Pour être utilement compris, il faut parler à tous la langue de tout le monde, l'artiste qu'on n'entend plus devient une superfluité. »

En vérité, pour. peu qu'on laissât opérer certains amateurs d'ostracisme, il ne serait pas étonnant de voir bientôt les poëtes chassés de nos démocraties, non point couronnés de fleurs, ainsi que le souhaitait jadis le divin Platon, mais plutôt couverts de risées et le front cerclé d'épines.

Déjà, bon nombre de braves gens attroupés sous les pennons d'un réalisme quasi barbare affirment, un sourire épais sur les lèvres, que le travailleur et l'amuseur (et par ce nom ils entendent le grimacier ou le polisson) ont seuls droit et raison de vivre dans une société essentiellement positive, telle qu'est la nôtre. Quant au poëte, à l'artiste,... à quoi bon?

Admirable synthèse.

Et pourtant, bon gré, mal gré, il faut lui reconnaître un côté utile et pratique à ce poëte, ne serait-ce que celui de deviner à temps le mal dont une société se meurt. Il fait mieux quelquefois, il trace la bonne voie aux générations nouvelles. Il est curateur, vengeur, ou précurseur.

Les véritables grandes époques de l'histoire ne sont-elles pas celles où les poëtes ont été le plus en honneur, et ces époques ne tirent-elles pas quelque lustre d'avoir enfanté ce que nous appelons des talents et des génies?

Je ne dirai pas que la République nouvelle ait absolument besoin de poëtes, et ne puisse, à la rigueur, s'en passer; mais je soutiens que ce serait une gloire pour elle, s'il venait à en surgir d'assez puissants et surtout d'assez virils pour la guider, la moraliser et l'instruire.

A propos de ton beau livre, la Fête votive de saint Bartholomée-Porte-Glaive, Gambetta n'a-t-il pas écrit dans son journal la République française : « Ce qui se passe dans les entrailles mêmes du pays, M. Léon Cladel vient de le dire avec la parole enflammée du poëte; » et il ajoutait : « C'est aux philosophes et aux

politiques d'y réfléchir! » *Voilà, si je ne me trompe,
une éclatante réhabilitation du poëte et de la poésie;
elle est de bon augure, ami, saluons-la.*

*Oui, si une littérature sans idées, sans moralité,
et, pour ainsi parler, sans entrailles, est chose réellement
funeste à toute société vieille ou jeune, niera-t-on que
l'art, qui, dans tous les temps, eut pour principe la
recherche du beau, « ce resplendissement du vrai, » et
dont la tendance est de s'humaniser de plus en plus, ne
soit pour le peuple qui veut vivre comme un cordial géné-
reux ou mieux comme une purification nécessaire? Sans
faculté esthétique, sans idéal, il n'y a plus que décadence, que corruption, que mort.*

*Je m'arrête, il est inutile d'aller plus avant par les
chemins battus de l'éthique et de l'esthétique.*

*Revenons doucement sur nos pas et rentrons dans
notre sujet.*

*Or, quoi qu'il en soit, et pendant qu'on veut bien
me le permettre encore, je me hasarde à publier des
vers.*

Voici donc tels quels, avec leurs qualités, leurs dé-
fauts et leurs dates, ces petits poëmes très-parisiens
qui, malgré le réalisme de certains détails, peuvent passer
pour aussi moraux que les quatrains du vertueux Pibrac,
mais d'une autre manière.

Écrivain de l'âge critique, je n'ai pas eu le choix
des tableaux, et si je pèche par trop de vérité, qu'y
faire? Avant tout, croyons-nous, le poëte doit être de son
époque; moi aussi, « j'ai vu les mœurs de mon temps. »

Je serre, ami, ta vaillante main de romancier et de
poëte.

Camille DELTHIL.

2 septembre 1872.

PRÉLUDE.

Heureux ceux qui naissaient sous la tente odorante
Près du berceau du monde et près du premier jour,
Quand les vierges en fleurs de la peuplade errante
Sous l'œil de Jéhovah, d'une langue ignorante
     Célébraient le saint nom d'amour.

Heureux ceux qui vivaient dans la Memphis royale
Sur les bords fécondants du Nil, père des eaux,
Au fond de cette Égypte antique et colossale
Où l'Amour revêtait la splendeur idéale
     Des mystères sacerdotaux.

Heureux vous qui chantiez sur le mode éolique
Le doux hymne d'hymen cher à la puberté,
Vous dont les bras taillaient dans le blanc pentélique
La céleste Aphrodite, image symbolique
    De l'impérissable Beauté.

Heureux les citoyens de la Rome païenne
Qui, jaloux des vertus de l'épouse et des sœurs,
Vengèrent dignement cette chaste romaine
Qui de son sang lava, fierté patricienne !
    L'outrage fait à ses pudeurs.

Heureux les chevaliers sans peur du moyen âge,
Platoniques amants de l'idéal épris,
Qui se ruaient, la lance au poing, avec courage
Dans les galants tournois, pour conquérir le gage
    D'un amour exempt de mépris.

Heureux encore, heureux ces jeunes gens austères
Que la France arracha de son flanc irrité,
Apôtres et martyrs de nos grandes colères

Qu'on vit, hardis, livrer aux baisers populaires
    Les seins nus de la Liberté.

Mais malheur, oui malheur, au bourgeois rachitique,
Citoyen ridicule et pitoyable amant
Qui traîne en désœuvré son plaisir spleenétique
Dans l'élégant boudoir d'une catin attique
    Qui lui parle argot en fumant.

Ce n'est plus la Vénus orgueil des temps profanes,
C'est la goule impudique aux décevants atours
Qui maquille son teint blêmi par les tisanes,
Il faut à nos Français blasés des courtisanes
    Expertes dans l'art des amours.

    Paris, 1873.

MISS CORA

MISS CORA

1870

Unde hæc monstra tamen vel quo de fonte requiris?

JUVÉNAL.

I.

LA PETITE LOUISE.

Il neige dehors, c'est l'hiver
Et dans la mansarde on grelotte.
L'homme vient de charger sa hotte
En lançant un juron amer.

Pas de pain, pas de feu, c'est l'heure
Où la comtesse de Chalis
S'enivre de vin de Chablis
En sa somptueuse demeure ;

L'heure où la Porte-Saint-Martin
Aux lueurs des feux de Bengale
De cent ballerines régale
Les yeux d'un public libertin.

C'est l'heure des concupiscences,
L'heure des horribles marchés
Qui livrent aux vieux débauchés
Les candeurs et les innocences.

Là par ce rude soir d'hiver
Sanglotent trois petites filles
Ravissantes sous leurs guenilles.
L'aînée a treize ans depuis hier.

La Misère, aux levres glacées,
N'a pas flétri son front charmant;
Ses yeux couleur du firmament
Sont chastes comme ses pensées.

Pour endormir ses jeunes sœurs
Que l'âpre froidure secoue,
Sa voix qui légère se joue
A d'incomparables douceurs !

La mère pleure, l'homme grogne,
Les enfants geignent, car demain
C'est bien loin et bien incertain.
Tout à coup à la porte on cogne.

Ah! compagnonne de Satan,
Fleur du vice, infâme émissaire,
Dans ce taudis que viens-tu faire?
« Entre, a crié l'homme, on t'attend.

Apportes-tu l'argent, la vieille ?
— Livres-tu Louise ce soir ?
— Non, dit la mère, il faudra voir. »
Le père se grattait l'oreille.

Les enfants muets de terreur
Se cachaient sous la couverture,
« Non ? fit l'horrible créature,
Alors bonsoir et du bonheur.

— Halte ! dit l'homme ; et la fillette
La reverrons-nous quelquefois ?
— Oui, reprit l'autre, l'air narquois,
On n'ira pas à l'étiquette.

— Eh bien, tope alors et prends-la. »
Puis d'une voix fort en colère :
« Allons, assez pleuré, la mère. »
La vieille en riant dit : « Oh! là! »

Et près de l'enfant qui sanglote
Elle prit un air engageant...
Le chiffonnier comptait l'argent :
Le lendemain on fit ribote.

II

MISS CORA.

Ce sont les courses du printemps;
Le ciel est couleur de pervenche;
Tout Paris, bruyante avalanche,
Se précipite sur Longchamps.

Clic-clac! clic-clac!... Comme une flèche,
Au galop de quatre poneys,
Sous l'œil cynique des jockeys
Passe une brillante calèche.

Émergeant du milieu d'un flot
De satin vert et de dentelles,
Miss Cora, la perle des belles,
Vient voir courir Black et Talbot.

C'est la reine du turf, la fille
Aux longs cheveux roux, aux yeux pers,
Dont le regard froid et pervers
Perce les cœurs comme une vrille.

Tous les gentlemen en sont fous ;
Tous la redoutent et l'adorent ;
Et ses petites dents dévorent
L'or, la chair et l'honneur de tous.

Elle est divine, elle est malsaine,
C'est le charme et le cauchemar ;
C'est Judith et c'est Putiphar ;
C'est l'amour frère de la haine.

Plus d'un, pour lui baiser le gant
Ayant vidé son escarcelle,
A troué sa pauvre cervelle
Dans un délire extravagant.

Miss Cora rit, elle se venge
De ce beau monde sans pudeur
Qui jadis souilla la candeur
Et coupa les ailes de l'ange.

Car il faut vous le dire enfin,
Cette miss Cora c'est Louise
Qu'un soir l'impure convoitise
Acheta comptant à la faim.

Certe elle fût restée honnête,
Travaillant du matin au soir,
Sans demander à son miroir
Comment on fait une conquête.

Elle eût pu trouver un mari
Aimant, courageux et fidèle,
Un ouvrier sage comme elle ;
Puis de son sein jamais tari

Elle aurait allaité, la femme,
Des enfants robustes et beaux
Et son corps vêtu de lambeaux,
Son corps ne serait pas infâme.

Mais non, il lui fallut livrer
A des vieillesses libertines,
Ses rouges pudeurs enfantines ;
Il fallut rire et s'enivrer,

Il fallut étourdir la tête
Après avoir lassé le corps,
Afin de vivre sans remords
Le long d'une éternelle fête.

Or elle est célèbre aujourd'hui
Parmi ces mondes interlopes
Où l'on raille des Pénélopes
Le chaste et vertueux ennui.

Sûre du pouvoir de ses charmes
Elle a de superbes défis ;
Aux mères elle prend les fils,
Elle fait verser bien des larmes.

Les fils!... mais sur cet alezan
Quel est ce vieillard qui s'avance
Retroussant avec élégance
Ses moustaches de capitan?

C'est le marquis de Senneterre,
C'est l'amoureux de miss Cora,
Qui pour la belle dévora
Ses coupons de rente et sa terre.

2

Mais il l'aime toujours, le fou,
Quoiqu'il ait juré par saint George,
Son patron, de s'ouvrir la gorge
Quand le fuirait son dernier sou.

« Talbot est vainqueur, chère belle,
Dit en s'approchant le marquis,
Et je perds vingt mille louis.
— Vraiment ! c'est une bagatelle,

Répondit en riant Cora,
Mais tu n'as pas une pistole.
— Je sais comment tenir parole,
Demain ma tête sautera.

— Allons, dit Cora, ta main tremble
Marquis, rajuste ton jabot ;
Crie avec moi : Vive Talbot !
Ce soir nous souperons ensemble. »

III.

LA MARQUISE.

Ce nom, terreur du Sarrasin,
Et qui fit plus d'une croisade,
On en décore, ô mascarade !
Le front flétri d'une catin.

Les grands aïeux à barbe blanche,
Du haut de leurs cadres noircis,
Semblent froncer leurs fiers sourcils
Et crisper le poing sur la hanche ;

Et les dames aux yeux d'azur
Pencher leur front couleur de neige
Devant l'horrible sacrilége
Accompli par ce fils obscur.

Car Senneterre a fait marquise
La courtisane miss Cora,
Qui d'un blason se décora
Avec une élégance exquise.

Dans son carrosse écussonné,
Sous le velours et la fourrure
Elle se prélasse, l'impure,
Aux yeux de Paris étonné.

Elle a sa chaise à Saint-Sulpice
Et sa loge aux Italiens ;
Pour mieux rompre les vieux liens
Elle ira cet hiver à Nice,

Puis au retour on la verra,
Aux heures encore blafardes,
Gravir l'escalier des mansardes
Où le pauvre la bénira.

C'est ainsi que la Madeleine,
Ses beaux cheveux blonds épandus,
Versait sur les pieds de Jésus
Le cinnamome et la verveine.

Est-ce du repentir? oh! non;
Cette fille au vice endurcie
Sous le masque d'hypocrisie
Cache des appétits sans nom.

Dans le secret de ses demeures,
Palais des Mille et une Nuits,
Son esprit, fertile en déduits,
Voit gaîment s'envoler les heures.

Comme aux jours anciens de Paphos ;
Là, près des jets d'eau sous les arbres,
On voit errer parmi les marbres
Les amoureuses de Lesbos ;

Là s'entre-choquent avec joie
Les vices-monstres des cités ;
Là de blancs essaims de beautés,
Charmés du festin qui flamboie,

Superbes comme les Vénus
De Phidias et du Corrége,
Arrondissant leurs bras de neige,
Boivent aux amours inconnus.

Puis ce sont des chants et des danses
S'entremêlant jusqu'au matin ;
Ainsi Cora suit son destin,
Et ce sont là ses repentances.

Le vieux Senneterre hébété,
L'œil éteint, la face rougie,
Assiste calme à cette orgie
En buvant doucement son thé.

O vertus des temps héroïques,
O chevaleresques amours,
Fidélité des troubadours,
Chasteté des grands cœurs stoïques !

O gloire des siècles passés,
Purs souvenirs que l'on bafoue,
Devant ces images de boue
Votre voix me dit : « C'est assez. »

Et toi, divine Poésie,
Muse au front chastement voilé,
Déesse au sein immaculé
Qui jadis vivais d'ambroisie ;

Fille des bois et des vallons,
Amante à la lèvre rieuse,
Que viens-tu faire curieuse
Sur les tapis de nos salons?

Va, fuis; mais non, plutôt, regarde
En leurs horribles nudités,
Ces idylles de nos cités
Dans le palais et la mansarde;

Et sans baisser ton œil serein
Devant ces amours de satyre,
Regarde... et remets à ta lyre
De nouvelles cordes d'airain...

VEUVE!

Senneterre est mort ; la marquise,
Effrayante dans ses amours,
Sur sa couche aux dais de velours
En de rêves ardents s'épuise.

Comme Messaline, ou Flora,
Lasse et toujours inassouvie,
Elle se livre sans envie
A l'homme qui la désira.

La nuit dans les bals de barrière
Elle court en loup de satin,
Provoquant d'un œil libertin
Quelque aimable buveur de bière.

Car la fille du chiffonnier,
— Problème de psychologie,
Entre temps a la nostalgie
De la guenille et du grenier.

Ce lutteur aux lèvres épaisses,
Au front bas, au cou de taureau,
Qui porte piqués sur sa peau
Les petits noms de ses maîtresses;

Ce Goliath à cheveux ras,
Ce héros du cirque Olympique
Qui vient dans l'arène athlétique
Raidir les muscles de ses bras;

Voilà l'amoureux qui remplace
Dans le caprice de Cora
Le joli chanteur d'Opéra
De qui sitôt elle fut lasse.

Voilà le préféré, l'élu !
Mais un élu vraiment canaille,
Qui vous la pille et vous la fouaille
Avec un cynisme absolu.

Dans le palais des Senneterre,
Devenu maître de céans,
Il fait sonner ses pieds géants
Sur les grands escaliers de pierre.

Il n'est pas tendre, le galant !
Sa lèvre est railleuse et farouche,
Sa main brise ce qu'elle touche.
C'est ainsi qu'on l'aime pourtant !

Jalouse comme une tigresse
Et plus soumise qu'un vieux chien,
La Cora rit à ce vaurien,
Puant le tabac et l'ivresse.

Et voilà comme on voit parfois,
O puissance de la justice!
Le vice châtier le vice
Plus fort que ne feraient les lois.

Mais qu'importe à Cora le monde,
Et la fortune et le blason?
Elle aime à perdre la raison,
Tant pis pour qui la trouve immonde.

Oui, qu'importe que du trottoir
Ce soit marquise qu'on l'appelle;
Qu'importe que l'érésipèle
Ronge son teint; que son miroir

Ne découvre plus d'artifices;
Que l'œil ne dise plus : « Je veux » ;
Que la dent branle et les cheveux
De ses conquêtes, les complices,

Tombent comme feuilles aux bois?
O décadence universelle !
Que miss Cora ne soit plus belle,
Qu'importe ! elle aime cette fois.

V

L'HERCULE.

Dans un quartier des Invalides,
Un soir que la neige tombait,
Une femme, un spectre glissait
Le long des murailles humides.

Sous un capulet de velours
Abritant sa tête pâlie,
Elle allait, sinistre Ophélie,
Murmurant d'étranges discours.

Le pied crispé, la main fiévreuse,
Brusque, elle s'arrêta soudain
En entendant un vif refrain
Partir d'une maison joyeuse.

C'était un taudis hasardeux
Où les pitres et les hercules,
Et les bohèmes noctambules
Traînaient leurs amours ténébreux.

Au dedans, infernal tapage,
Bruit de verres et bruit de voix,
Éclats de rire et mots grivois;
Dehors, l'ouragan faisait rage.

La terre blanche et le ciel noir
Mélaient leurs teintes sépulcrales.
Les grandes bises hivernales
Soufflaient au cœur le désespoir.

Tous les démons du Trismégiste
Dans l'air semblaient se quereller.
On entendait les chiens hurler ;
La femme écoutait, froide et triste.

Or, cette femme était Cora,
Cora hideusement vieillie,
Poursuivant, dernière folie,
Le seul être qu'elle adora.

Et l'ivrogne qui, dans ce bouge,
Poussait un cynique couplet,
Tout en pressant le corps replet
De quelque abominable gouge ;

C'était l'amant du dernier jour
Que, dans la nuit et sous la neige,
Attendait cette sacrilége
De la vieillesse et de l'amour.

3

Enfin elle s'ouvrit la porte
Et l'on vit un truand joyeux
Sortir, l'ivresse dans les yeux.
Cora, pâle comme une morte,

Se saisit d'un stylet caché,
Et, plus vive qu'une panthère,
Frappa son amant par derrière.
L'ivrogne s'écria : « Touché! »

Puis, à l'attaque inattendue
Ripostant en maître boxeur,
Il étendit son agresseur
Par terre, la tête fendue.

Lors, se baissant, il éclaira
Le cadavre et, non sans surprise,
Il dit : « Tiens, c'est notre marquise!
La pauvre femme m'en voudra! »

Et, poussant des rires funèbres
Mêlés à des hoquets de vin,
Il continua son chemin
En trébuchant dans les ténèbres.

VI.

A CLAMART.

C'est à la Morgue qu'on porta
Le lendemain l'aventurière,
Et puis, comme étape dernière,
A la clinique on la jeta.

Le vieux savant au front sceptique
Qui, sur ces restes de beauté,
Laissa tomber quelque gaîté,
Put-il, travail analytique,

Découvrir de son œil moqueur
Et les ineffables tendresses,
Et les remords et les ivresses
Par qui fut désolé ce cœur?

Vit-il au fond de cette vase,
Où le péché vint s'accroupir,
Comme une fleur, l'amour, s'ouvrir,
Aussi pâle qu'une topaze?

FRAMÈS

FRAMÈS

1866

Belles comme les séraphins de
Klopstock, terribles comme les
diables de Milton.

DIDEROT.

I.

Sous les feux du couchant, quand l'horizon s'irise,
Avez-vous vu, noyé dans une brume grise,
Avec ses hauts clochers, ses grands palais, ses tours,
Paris, ce vieux géant aux immenses contours ;
Briarée aux cent bras, à la tête féconde,
Dont la prunelle ardente illumine le monde ?

Avez-vous entendu quel murmure grondeur
S'échappe de son sein menaçant ou frondeur;
Et vous êtes-vous dit ce qu'il faut au colosse
D'esclaves pour servir sa vanité féroce,
Ce qu'il faut de sang frais à ce grand débauché,
Pour ranimer son cœur que le vice a séché ;
Et vous êtes-vous dit ce que coûtaient de vies
De grands hommes, ses faims de gloire inassouvies?
Et si la pâle peur ne vous a pas glacé,
Si vous avez crié dans un rêve insensé :
Nous voulons affronter le monstre à face humaine,
Visiter l'antre où nuit et jour il se démène,
Et paladin obscur défier le hasard,
Vous irez à Paris planter votre étendard.
O ville des hauts faits, des vertus, des misères,
Pays du positif et des folles chimères;
Paradis des portiers, des vieillards libertins,
Des manieurs d'argent, des savants, des catins;
Mère des libertés et commère futile,
Toi qui mets le plaisant au-dessus de l'utile,
Qui railles le grand homme, applaudis l'histrion,

Ville où l'on meurt de faim faute d'un million;
Ah! pour qui sent brûler un grand feu dans sa tête,
Pour ces amants du beau, l'artiste, le poëte,
Quel saint frémissement n'a-t-il pas excité
Ton redoutable aspect, dévorante cité!

II.

Le vent du nord soufflait, on était en décembre.
A Paris, sous les toits, dans une étroite chambre,
Un jeune homme rêvait les pieds sur les chenets.
Le feu mourant de l'âtre allongeait ses reflets
Sur les murs délabrés de ce lieu misérable,
Où deux chaises, un lit de noyer, une table,
Servaient d'ameublement. Quelques bouquins poudreux,
Une tête de mort grimaçante, à l'œil creux,
Des plâtres, des fleurets, une armure gothique,
Prêtaient à ce logis un aspect romantique,
Dont un coup d'œil d'artiste aurait été séduit.

Le modeste habitant de ce triste réduit
Se nommait Guy Framès. C'était un gentilhomme
Né de sang béarnais, plein de bravoure comme
Le Cid Campéador, plus gueux que don César,
Aimant l'or, le soleil, la femme et le hasard.
Esprit enthousiaste et d'humeur peu chagrine,
Avec son beau profil, avec sa haute mine,
Framès aurait brillé, fils d'un prince, à la cour.
La poésie au front et dans le cœur l'amour,
Libre, fier, rayonnant en sa jeunesse blonde,
Gaîment il avançait dans le désert du monde.

III.

La porte du grenier s'ouvrit, un homme entra.
Un reflet du foyer vaguement l'éclaira.
C'était un petit vieux d'un aspect fantastique,
Tel qu'en rêvait Hoffmann, le rictus sarcastique,
Le nez et le menton crochu, l'œil d'un vautour

Que surplombait un front sévère de contour.
Il portait un habit d'une coupe vulgaire,
On eût dit Méphisto dans le frac d'un notaire.
Sa main blanche et petite, une main de prélat,
Portait à l'annulaire un rubis dont l'éclat
Éclaira le logis pendant une seconde
Ou deux, on ne vit onc pareil rubis au monde.
Framès examina l'étrange visiteur,
Qui le salua d'un : « Votre humble serviteur. »

IV.

L'inconnu sans façon s'assit sur une chaise.
« Monsieur, lui dit Framès, peut-on, ne vous déplaise,
Vous demander le but qui vous amène ici ? »
Le vieillard caressa son menton aminci,
Puis il dit d'une voix drôlement emphatique
Qui contrastait avec son profil satanique :
« Je suis ce qu'ici-bas l'on nomme le hasard.

Je viens vous apporter un trésor. De ma part
Ce n'est pas un bienfait, ce n'est pas une aumône...
— Cher monsieur, dit Framès, est-il long votre prône?
— Je suis pour vous servir notaire; bref, voici :
Votre grand-oncle est mort, vous héritez. — Merci,
Et touchez là morbleu, vous parlez d'or, brave homme.
Sans indiscrétion le nom dont on vous nomme?
Voici ma carte, — dit le vieillard d'un air fier. »
Framès lut : « Maître Oby, 3, barrière d'Enfer. »

V.

Ce drame qui commence ici-bas et s'achève
Derrière ce rideau que nul bras ne soulève,
La vie est-elle un don du ciel? un châtiment?
Le doute sur nos cœurs pèse terriblement.
Naître, vivre, mourir, voilà le grand problème ;
Et l'on a beau bâtir système sur système,
Pour savoir d'où l'on vient et puis où l'on ira,

Quel est le grand docteur qui le devinera ?

Discutez, combattez, entassez des volumes,

Usez votre cerveau, vos yeux, vos nerfs, vos plumes,

Et toujours à tâtons dans ces obscurités,

Vous tournerez sans fin, vibrions révoltés.

Qu'importe ? il est bien doux de vivre quand on aime !

Dernière illusion, félicité suprême,

Fleur qui t'épanouis sous un ciel enchanté,

Hymne éternel, divin, par les anges chanté,

Amour ! pourquoi fuis-tu d'un pas toujours rapide,

Et laisses-tu le cœur comme une lande aride

Où ne peuvent germer que les ronces du mal,

L'égoïsme cruel ou le dégoût fatal ?

VI

Plus riche qu'un nabab du pays de Golconde,

Framès s'amouracha d'une adorable blonde,

Qu'un beau soir de première il vit à l'Opéra,

Et qui dans certain monde avait nom miss Cora.
C'était une beauté d'une élégance exquise,
Le pied cambré, la main petite, une marquise
De Lawrence, drapée avec un art divin
Dans ses riches atours de gaze et de satin.
Ses lèvres de carmin, ses épaules nacrées,
Son chatoyant regard aux flèches acérées,
Tout troublait, fascinait, et les tentations
Autour d'elle épandaient d'invisibles rayons.
Ah! malheur à celui qui, par ce temps infâme,
Conserva dans son cœur le culte de la femme!
Lorsque Bottom jaloux des grâces d'Ariel
Proclame insolemment à la face du ciel
La souveraineté brutale de la bête,
Malheur à ce rêveur, malheur à ce poëte
Qui part en souriant vers l'horizon lointain
N'ayant pour éclairer son voyage incertain
Qu'un seul flambeau, l'amour! La route est longue et nue,
Il fait noir, l'ouragan siffle et crève la nue.
Si la torche sacrée échappant de ses mains
Tombe, il erre éperdu par les sombres chemins.

Framès aima Cora d'un amour platonique,
Et ce fut là son tort. Dans un monde impudique
Où tous les sentiments se vendent au rabais,
Aimer d'un tel amour, c'est le fait d'un dadais.
Or l'angélique miss, malgré son air de prude,
Certes eût préféré quelque homme à la voix rude,
Quelque lutteur de cirque au poil brun, aux bras forts,
Sur qui pût s'appuyer vainqueur son frêle corps,
A ce bel amoureux, qui, d'un langage tendre,
La faisait voyager dans le pays de Tendre,
Au poëte rêveur, au chercheur d'idéal,
Qui, pour sa déité, dressait un piédestal.
Sous ces longs cils baissés, sous ce charmant sourire,
Couvait le monstrueux désir de l'hétaïre,
Dans ce corps délicat, si frais, si pur de ton,
Rampait une âme vile, une âme de goton.

VII.

Qui peut te définir, bizarre créature?
Qui saurait pénétrer ta multiple nature?
Etre mystérieux, né d'un impur limon,
As-tu le cœur de l'ange et l'esprit du démon?
C'est de bien et de mal que ta chair fut pétrie,
Ève n'est-elle pas femme comme Marie!
O païen qui jadis, en termes méprisants,
Aux femmes refusais et raison et bon sens;
Ne tremblas-tu jamais devant une maîtresse,
Et les yeux éclatants des filles de la Grèce
Ne troublèrent-ils point ton calme surhumain,
Ton cœur approuvait-il ce qu'écrivait ta main?
Nous, ces Français légers, qu'un bout de jupe enflamme,
Sur un autel trop beau nous avons mis la femme,
Nous subissons ses goûts, son caprice fait loi,
Tout ce qu'elle babille est article de foi.

Nous avons lâchement abdiqué notre rôle,
C'est la femme aujourd'hui qui commande et contrôle.
Peuple de verts-galants, notre *amour-vanité*
A fait de Cendrillon une divinité.

VIII.

Lorsque l'on s'est épris jeune ou vieux d'une belle,
Fût-elle réputée impure, abjecte, eût-elle
L'âme plus noire encor que ne l'a Belzébut,
Qu'importe à l'amoureux? aimer, voilà le but.
Framès, sans être neuf, n'avait lu de la vie
Que la première page, et son âme ravie,
Comme un joyeux oiseau chantant au point du jour,
Entonnait l'hosanna de son premier amour.
O trop candide enfant, toi qui sentais ton âme
Tressaillir à ce mot plein d'énigmes, la femme!
Toi qui laissais mûrir, dans ton cœur enfermé
L'amour de tes vingt ans, ce beau fruit parfumé,

Que devait savourer la lèvre d'une amante,
Rougissante et troublée en sa pudeur charmante ;
Heurtant cette Phryné, sur ton chemin debout,
L'œil tourné vers le ciel tu plongeas dans l'égout.
Redoutables Circés, ô belles charmeresses
Qui changez en tourments d'ineffables caresses,
Vous qui pouvez loger par vos enchantements
Dans un immonde corps l'âme de vos amants ;
Sorcières qui prenez des formes séduisantes ;
Sirènes qui portez en vos gorges luisantes
Ces embrasements prompts à consumer la chair,
Ah ! je le plains celui que connut votre enfer !
Oui, je le plains celui qui toucha votre lèvre
Et sentit dans son cœur s'allumer cette fièvre
Dont la flamme détruit et l'esprit et le corps,
Ne laissant palpiter qu'un impuissant remords.
Comme un succube ardent, Cora, sur sa victime,
Étancha cette soif de volupté qu'anime
Le souffle impétueux des renaissants désirs,
Et, cruelle, étouffa l'amour sous les plaisirs.

IX

L'on vit alors Framès, plein d'une ardeur navrante,
Mener avec fracas cette vie écœurante
De soupers fins, de bals, de courses, de paris,
Que mènent de nos jours les don Juan de Paris.
Superbe conquérant dont l'humeur vagabonde,
Pour ravir un baiser eût embrasé le monde,
Satanique railleur, dont les regards si doux
Faisaient pâmer d'amour Elvire à tes genoux ;
Egoïste au cœur froid, à la bouche emmiellée,
Qui riais des tourments d'une amante affolée ;
Titan qui te jouais des colères du ciel,
Être fatal et beau, fait d'amour et de fiel,
Dont le nom fait vibrer la lyre des poëtes
Et palpiter le cœur des femmes inquiètes ;
Toi qu'ont chanté Mozart, Molière et lord Byron,
Toi, le vainqueur terrible et le hardi larron,

O don Juan! tu n'es plus qu'un stupide bellâtre,
Singeant le grand seigneur sur un petit théâtre,
Tu n'es que le valet de celui qui fut roi,
Sganarelle aujourd'hui se gausserait de toi.

X.

Les viveurs étaient las près des coupes vidées.
Sur de riches coussins, mollement accoudées,
De splendides beautés aux languissants regards,
La gorge demi-nue et les cheveux épars,
Rallumaient les désirs par leurs poses lascives.
L'ivresse avait pâli la face des convives,
Et ces fils de vingt ans, déjà vieux débauchés,
Semblaient de verts épis par l'ouragan fauchés.
Ce n'était point l'orgie à la verve mordante
Telle que la peignit Balzac, ce nouveau Dante,
Mais l'orgie avinée et sentant les tripots,
Qui laisse bêtement l'esprit au fond des pots.

XI.

Le punch flamba!... Soudain la chaude bacchanale
Grandit et formidable éclata dans la salle.
Ce furent des jurons, des cris, des démentis :
Les verres se heurtaient dans un long cliquetis.
Ce fut un ouragan de terribles paroles,
De paris insensés et de promesses folles,
Une mer en fureur, un sabbat de démons.
On avait renvoyé tous les vils échansons,
On avait prudemment barricadé les portes,
On riait, on hurlait; quand parmi ces voix fortes
Une voix s'écria : « Framès nous chantera
La chanson de l'orgie. » Alors on fit : Hurrah!

XII.

Framès, était-ce lui? se dressa comme une ombre,
Pâle, égaré, le front fatal, la face sombre,
Et vidant d'un seul trait sa coupe, l'œil moqueur,
Il entonna ce chant que répéta le chœur :

J'aime les rauques orgies,
Qui sur les nappes rougies
A la flamme des bougies
S'accoudent avec fracas.
Tu m'importunes, sagesse!
Rien n'est vrai que la jeunesse,
Rien ne vaut une maîtresse,
Le reste ne compte pas.

Allons, ivresse, flamboie,
Gronde, pétille, foudroie;

Que les éclairs de ta joie
Illuminent mes refrains.
Narguant de Dieu le tonnerre,
Don Juan, lève ton verre,
Car jamais l'homme de pierre
Ne vient troubler nos festins.

Des battements de mains, un long vivat sonore,
Accueillirent ce chant. « Nymphes, qu'on le décore
De guirlandes de fleurs, » glapit un libertin.
« Bravo! gloire à Framés! qu'il soit roi du festin! »
Souriantes vers lui les femmes s'élancèrent
Et, l'ayant couronné de roses, l'embrassèrent.
Mais lui, d'un geste brusque et fier les repoussant,
Entonna de nouveau son air retentissant :

Chantons le vin et les roses.
Fi de ces vertus moroses
Dont les lèvres restent closes
Et le regard attristé!
A nous les baisers, les rires,

Les ivresses, les délires !
Laissons les croix aux martyres
Et buvons à la gaîté !

XIII.

La lèvre du chanteur se crispa, son visage
Prit une expression de colère sauvage;
Puis il baissa la tête, et, comme un condamné
Qui connaît son arrêt, dit : « Je suis ruiné !
C'est le dernier festin auquel je vous convie,
Mes amis, nous avons mené joyeuse vie,
Mais la pièce est finie; allons, de ce palais
Sortez, ou je vous fais chasser par mes valets.
Vous êtes des faquins, des débauchés vulgaires,
Sans cœur, sans estomac, sans esprit; pauvres hères,
Qui laissez retomber de vos bras épuisés
Les pâles fleurs d'amours que souillent vos baisers !
— Ah ! comme il prêche bien : qu'on apporte une chaire,

Il fera des sermons contre la bonne chère!

— Il divague! — Il est fou! — Quel sinistre farceur.

— Le diable en vieillissant se ferait-il censeur?

— Bien touché, compagnon, je bois à ta franchise!

— Parbleu! le voilà gris comme un chantre d'église!

— Chasse tes cauchemars, te moques-tu de nous?

— Cela me divertit de le voir en courroux,

Dit une brune enfant d'une voix enrouée.

— Cela les divertit... La farce est bien jouée,

N'est-ce pas? Raillez donc, riez, corps vermoulus,

Fronts où rien ne germa, cœurs qui ne battez plus;

Riez jusques à l'heure où la mort, qui s'apprête,

De son pas solennel troublera votre fête...

O roses des jardins! gazouillis des ruisseaux,

Frais ombrages des bois où chantaient les oiseaux,

Tendres ressouvenirs d'une folâtre enfance,

Venez-vous m'apporter le rameau d'espérance?

Non, — vous accourez tous, avec un ris moqueur.

Pour danser, spectres noirs, dans la nuit de mon cœur. »

. . . .

Framès, les yeux voilés de sinistres nuées,

Chancela, puis tomba sous le bruit des huées;
Et l'orgie, apaisée un instant, reparut
Avec des grondements de bête fauve en rut.

Sans ce triste hasard, nous nous serions aimes.

B R I Z E U X.

S ur les flancs d'un coteau riant et pittoresque,
Au fond du vieux Quercy se dresse gigantesque
Un antique manoir par le temps respecté.
Les tours ont conservé leur sombre majesté,
Et jamais du maçon la truelle brutale
Ne racla de ses murs la mousse féodale.
Au loin, l'on aperçoit le miroir transparent
D'un fleuve au sinueux et rapide courant.
De sombres peupliers, bataillons immobiles,

Gardent depuis cent ans ses bords frais et tranquilles,
Exhalant en avril l'odeur des fenaisons.
Dans un coin du tableau, quelques blanches maisons
Semblent escalader la côte; un presbytère,
Sous les treillis en fleur, se cache avec mystère.
Parfois le cri d'appel des robustes meuniers,
Les grelots des mulets, le chant des mariniers
Font retentir gaîment l'écho de ces rivages,
Et mugir les grands bœufs au fond des pâturages.

II.

En ce bénin pays Framès s'est retiré
Un pauvre médecin, un honnête curé,
Les seuls êtres humains d'aspect et de langage
Qu'il découvrit au fond de ce petit village,
Calme société, venaient causer le soir
Dans le vaste salon du tranquille manoir,
Où, spectateurs muets, quelques portraits antiques

Les regardaient du haut de leurs cadres gothiques.
Loin d'un monde bruyant, entre ces doux vieillards
Heureux de ce bonheur naïf des campagnards,
Le jeune homme éprouvait cette joie infinie
Du lent convalescent qu'a blêmi l'insomnie.

III.

Or un jour qu'il allait, pas à pas, au hasar ,
Souriant à l'oiseau, souriant au lézard,
Il vit, objet charmant, ravissante merveille,
Une enfant de seize ans qui cousait sous la treille
D'un toit rustique assis entre deux champs de lin.
Jamais barde inspiré, jamais peintre divin
N'ont rêvé, dans leurs nuits de délire et de fièvre,
Plus de candeur au front, plus d'amour sur la lèvre.
Du blond soleil de mai quelques rayons joyeux
Descendaient sur son front en nimbe radieux.
Elle chantait un air mélancolique et tendre,

Quelque noël bien vieux, si naïf, qu'à l'entendre
Tous les petits oiseaux approchaient sans effroi.
Un charme pénétrant et doux était en soi.
De ses fins cheveux d'or les boucles vagabondes
Roulaient sur son épaule en cascatelles blondes.
Ses grands yeux bleus brillaient comme ceux d'Ariel.
Tu l'as dit, il faudrait tremper dans l'arc-en-ciel
La plume, ô Diderot, pour peindre en traits de flamme
Cet être faible et fort, terrible et doux, la femme !
Femme ! mot qui dit tout, douleurs du souvenir,
Félicité présente ou rêves d'avenir.
Mères, épouses, sœurs, suivant que l'on vous nomme,
C'est par vous que le cœur grandit, qu'on se fait homme.
Vous nous donnez la foi, l'amour et la fierté,
Sans vous plus de bonheur, d'espoir ni de gaîté.
Sans vous tout se corrompt, tout s'éteint, tout s'affaisse.
Et pourtant j'ai médit de vous, je le confesse ;
Ingrat, j'ai renié votre nom par trois fois.
Mais je suis repentant, femmes, car je vous dois
Ces jours baignés de joie ou de mélancolie
Dont le cœur se souvient lorsque l'esprit oublie.

IV.

Que ton pouvoir est grand, beauté, céleste don !
L'épave que Paris, l'effrayant Maelstrom,
Vomit les yeux éteints et la lèvre pâlie,
Framès, le débauché tout barbouillé de lie,
Le sceptique Framès devint l'adorateur
Du chef-d'œuvre ignoré, la nièce du docteur.
Marie était le nom de cette fleur mystique,
Pure comme le lis merveilleux du cantique.
Les pauvres gens l'aimaient et l'appelaient leur sœur,
Car elle possédait cette exquise douceur
Et ce sourire plein de tendresse que donne
Pérugin aux portraits de la blanche Madone,
Sourire de l'espoir où semblent retrouvés
Tous les bonheurs perdus, tous les bonheurs rêvés.

V ʲ

Lorsque fuyant la mort que le simoun promène
Sur les sables brûlants de l'Afrique inhumaine,
Le voyageur perdu dans les sillons mouvants,
Les pieds ensanglantés, aveuglé par les vents,
L'écume sur la lèvre et la gorge altérée,
Aperçoit l'oasis longuement désirée,
Les gazons verdoyants sous les ombrages frais,
Les palmiers élancés, les bananiers épais,
Les pampres suspendus aux ramures des chênes
Et les cactus en fleur et les claires fontaines,
Levant les bras au ciel, éclatant en sanglots,
Il se traîne mourant vers ces vivantes eaux.
Plus de morne horizon, de décevant mirage,
Un repos bienfaisant ranime son courage,
Il ne se souvient plus du mal qu'il a souffert.
Ah! tu marchais aussi, Framès, dans un désert!
Et promenant parmi les sombres solitudes,

Tes désillusions, tes tristes lassitudes,
Et tes cuisants remords venus avant le temps,
Comme un désespéré tu traînais tes trente ans.
Tu cherchais la fraîcheur des amours virginales ;
Et cette jeune enfant aux grâces idéales
Fut la verte oasis où ton cœur tourmenté
Goûta, pour un moment, à la félicité.

VI.

Avez-vous vu, la nuit, une étoile brillante
Se détacher du ciel et filer scintillante,
Flèche d'or échappée au bras puissant d'un dieu?
Où s'en va-t-elle ainsi loin du firmament bleu?
Que cherche-t-elle donc, errante, échevelée?
Et ne vient-elle pas, amante immaculée,
Oublieuse à jamais des clartés de l'azur,
Apporter ses baisers à quelque monde obscur?

Marie aima Framès ; c'est la loi des contraires,

L'attraction du gouffre aux effrayants mystères,

L'accouplement du vice avec la pureté,

Tel l'amour d'Éloa pour le Déshérité !

VII.

Souventes fois le soir, quand de teintes pourprées

Le couchant éclairait les plaines diaprées,

Que la brise courait à travers les halliers,

Comme il leur était doux, sous les frais peupliers,

Foulant l'épais velours des riantes pelouses,

Loin des yeux indiscrets, loin des langues jalouses,

D'aller tous deux rêveurs et, la main dans la main,

De suivre, en s'égarant, un sinueux chemin !

La séve palpitait dans l'épaisseur des branches,

Les papillons légers ouvraient leurs ailes blanches,

Le rossignol chantait l'amour au fond des bois,

Et la nature en fleur avec ses mille voix,

Vers les cieux azurés soupirant son poëme,
Leur disait : Aimez-vous ! c'est le temps où tout aime.

VIII.

Les ombres descendaient quand le ciel avait lui.
Le passé de Framès se dressait devant lui.
« Qu'ai-je fait, disait-il, de ma belle jeunesse?
J'ai laissé tout au vent, amour, santé, sagesse.
J'ai traîné mon honneur, ce céleste manteau,
Comme un haillon sanglant dans l'égout du ruisseau.
J'ai vécu, je suis vieux et chaque heure m'achève.
Je suis semblable au tronc où ne bat plus la séve,
Et j'irais aujourd'hui t'offrir, triste présent,
O chaste vierge ! un corps débile et malfaisant...
Quel démon tentateur, quelle fatale envie,
Pousse cet être pur vers moi, moi que la vie

Avant l'heure a lassé? Quel barbare destin
Nous jette tous les deux sur le même chemin?
Lorsque de tes regards la lueur azurée
Pénétrait dans mon âme aux désespoirs livrée,
Jeune enfant, croyais-tu, dans ton illusion,
Que je tressaillirais sous ce divin rayon!
Fuis, ô chimère! fuis, rêve où l'esprit s'égare,
C'est un Dieu qu'il faudrait pour ranimer Lazare.
La tombe, c'est la fraîche amante qui m'attend.
Non, je ne puis baiser la lèvre qu'on me tend,
Non, je ne puis parler d'amour sans un blasphème;
C'est l'expiation tardive, mais suprême. »

IX.

Ainsi s'ouvrait la plaie aux rebords purulents
Que cet homme portait attachée à ses flancs.
O débauche! c'est toi qui rends les âmes viles,

C'est toi qui vas poussant sur le fumier des villes

Tous ces corps sans vigueur, tous ces cœurs sans amours

Qu'abat avant le temps la faucheuse aux bras lourds.

Ceux qui traînent encor leur misérable vie

Loin du monde cherchant l'illusion ravie

Ont parfois des regains d'amour et de devoir.

Mais pareils à ces feux qui voltigent le soir

Au-dessus des marais et des vieux cimetières,

Leurs désirs de vieillards, vacillantes lumières,

S'éteignent brusquement dans leurs cœurs ténébreux,

Et la nuit redescend plus épaisse sur eux.

Ah! vous avez raillé, mes petits Lovelaces,

Et les humbles vertus et les fières audaces,

Vous avez méprisé le travail qui rend fort.

Eh bien, la volupté qui détend le ressort

Des cœurs fera de vous des spectres méprisables ;

Déjà les châtiments se dressent redoutables,

Et sur vos fronts on lit, supplice mérité,

Le remords, la souffrance et la stérilité.

Hélas! ils sont nombreux dans le siècle où nous sommes

Ces pâles libertins qui ne sont plus des hommes

Malgré leur apparence humaine, et qui s'en vont,
Ainsi que des lépreux, tristes, baissant le front,
Pliant sous le fardeau de leurs décrépitudes,
S'ensevelir vivants au fond des solitudes.

Alma parens.

I.

L e mont est un Protée énorme, au front changeant.
  Là ce sont des forêts où croît le pin géant ;
Ici, parmi les fleurs, une eau claire murmure,
Et les bouvreuils joyeux sifflent sous la ramure.
C'est un pays de fée, un Éden enchanté.
L'isard léger bondit sur le pic argenté ;
Au loin, avec fracas, une cascade tombe,
Et dans l'azur où fuit la timide palombe,
L'aile étendue, on voit un grand aigle glisser ;

Décrire le tableau, c'est le rapetisser.
Pour le peindre, il faudrait la palette puissante
Du Lorrain, à la fois sévère et caressante.
Sur ce mont vivait seul Framès. Sombre et blessé,
Traînant le plomb fatal dans les chairs enfoncé,
Il allait, il fuyait effaré vers les cimes.
Son âme s'enivrait de spectacles sublimes.
Ses regards, inondés de célestes clartés,
Se perdaient éblouis dans les immensités,
Et son esprit errait sur la croupe des nues,
Ivre de voluptés jusqu'alors inconnues.
Les splendeurs du couchant, l'aurore au front vermeil,
Les vals profonds zébrés et d'ombre et de soleil,
Des scintillantes nuits le vague et doux murmure,
Tout l'emplissait de joie. — O ma mère! ô nature!
Toi qui portes la vie en tes robustes seins,
Seule tu peux charmer ces vieux enfants malsains
Qu'énervèrent trop tôt les passions humaines...

II.

Des pâtres, qui, l'été venu, quittent les plaines
Pour gagner les sommets, près d'un ravin profond
Recueillirent un soir le pâle vagabond.
Framès dès lors prit part aux agapes frugales
De ces Pyrénéens gais comme des cigales;
Il courait avec eux sur les pics au hasard,
Et la nuit il dormait dans une peau d'isard.
Un grand chien l'escortait en ses courses lointaines.
Ainsi vécut Framès des heures incertaines,
Sauvage compagnon des aigles et des ours,
Fuyant un souvenir qui le suivait toujours.

ANGÉLIQUE

ANGÉLIQUE

1869.

Magna adulteria.
TACITE.

I.

Oui, l'Idéal se meurt! Le Réel, qui l'emporte,
Sur ses coursiers d'airain triomphe en rugissant;
Au fond de notre cœur toute croyance est morte,
Et le pudique Amour voile un front rougissant.

Que porte l'avenir en son flanc insondable ?
Est–ce un Dieu jeune et fort, rayonnant et charmant ?
Est–ce un gnome hideux, un monstre formidable ?
Qui donc viendra hâter ce long enfantement ?

Ah ! le travail sera douloureux et pénible,
Il faut qu'un sacrifice immense soit offert ;
Il faut du sang versé dans cette lutte horrible :
Pour le gnome ou le Dieu le siècle aura souffert.

Sur terre il faut toujours deux races ennemies :
L'une, qui porte au front le sceau de l'Idéal,
L'autre, qui, l'abdomen tout gonflé d'infamies,
Étale au soleil un cynisme bestial.

L'une dit : « Le savoir, le travail, la sagesse,
L'art civilisateur, c'est moi, c'est le progrès. »
L'autre répond : « Je suis le Vice et la Paresse,
Jouir est mon seul but, et que m'importe après ? »

Ainsi toutes les deux, dans leur haine implacable,
Se livrent sans repos de terribles combats.
Mais l'avenir verra, l'avenir redoutable !
Celle qui doit régner sans partage ici-bas.

II.

D'aucuns, je le crains bien, trouveront ce prologue
Trop apocalyptique et du genre ennuyeux ;
Allons, ma Muse, prends un air un peu moins rogue,
Et soyons tour à tour aimable et sérieux.

Il était à Paris, — ceci n'est pas un conte, —
Une charmante enfant belle comme le jour,
Belle comme le fut la reine d'Amathonte,
Ou la jeune Psyché que séduisit l'Amour.

6

Elle portait le nom gracieux d'Angélique,
Elle avait de beaux yeux comme on n'en vit jamais,
Brillants et doux, empreints d'un calme évangélique ;
Les femmes lui trouvaient l'air un peu gauche, mais

C'est un charme de plus chez une jeune fille.
Sa mère avait rêvé pour elle un avenir
Splendide ; diamants, satins, tout ce qui brille,
Hôtel, chevaux, et puis un mari pour finir.

Elles foulaient déjà cette terre promise
Où sur des sables d'or un Pactole roulait.
Dans les meilleurs salons Madame était admise,
Angélique y parut, son succès fut complet.

Jeunes, vieux, laids ou beaux, les banquiers, les vicomtes,
Les officiers hardis, les sportsmen ennuyeux,
Les diplomates froids et les graves gérontes,
Vinrent papillonner autour de ses beaux yeux.

Ce fut un feu roulant d'épithètes flatteuses,
— Ève est toujours en butte aux ruses du serpent ; —
Tous assiégeaient son cœur de promesses menteuses :
C'est doux d'être en amour le premier occupant.

Mais l'enfant sut garder une candeur sereine,
Devant ces corrupteurs élégants et fleuris ;
Sa mère triomphait et ne fut point en peine
De prendre dans ses lacs le phénix des maris.

Parmi vingt prétendants, on choisit le plus riche.
C'était un loup-cervier, grand faiseur de reports,
Rouge comme un homard, rond comme une bourriche,
Des pieds de portefaix et des mains de recors.

Amour, où sont, Amour, tes superbes cantiques ?
Où sont vos longs baisers mêlés de doux aveux,
O Daphnis et Chloé ! cœurs tendres et pudiques !
Qu'êtes-vous devenus, timides amoureux,

Vous qui, devant un frais et calme paysage,
Sous la verte saulaie, au bord des clairs ruisseaux,
Le front enguirlandé d'un verdoyant feuillage,
Dansiez joyeusement au son des gais pipeaux?

Et vous, blanches beautés, qu'êtes-vous devenues?
Juliette, Ophélie, Héloïse, fronts purs
Qu'embellirent jadis les grâces ingénues;
Vos époux n'étaient point des personnages mûrs

Et graves, des agents de change ou des notaires,
Mais de galants seigneurs dignes de vous charmer,
Des rêveurs doux et fiers, des âmes peu vulgaires,
Qui croyaient à l'Amour et qui savaient aimer.

III.

Angèle est maintenant Madame la baronne,
Elle habite un hôtel dans le quartier d'Antin.
Dans les routs et les bals, l'hiver elle rayonne ;
Elle s'épanouit à Bade, au mois de juin.

C'est la reine du jour ! Libre dans ses caprices,
Prodiguant les trésors de sa jeune beauté,
Elle boit longuement les perfides délices
Que lui verse en riant sa folle vanité.

Elle n'ignore plus l'art terrible de plaire.
Sa lèvre est provoquante, et de feintes ardeurs
S'échappent par éclairs de sa longue paupière ;
C'est le fard aujourd'hui qui lui fait des pudeurs.

Ses lourds cheveux, tordus par une main savante,
Retombent sur ses reins parfumés et polis,
Son allure est rhythmique, et sa gorge éclatante
A des rougeurs d'aurore et des blancheurs de lis.

C'est le type charmant de la Parisienne,
Vive comme un oiseau, brave comme un lion,
Mystique et libertine, incrédule et chrétienne,
Le jour : sainte Thérèse ! et la nuit : Marion !

Mais Angèle s'ennuie... Ah ! la cruelle chose,
Que cet ennui penché sur un front de vingt ans,
Cet ennui qui vous suit pas à pas, l'air morose,
Avec sa griffe ouverte, avec ses longues dents ;

Toujours plein de désirs, toujours insatiable,
Ce père des Néron et des Caligula,
Qui, mélangeant le sang au vin vieux de la table,
S'accompagnait du luth lorsque Rome brûla.

Oui, féroce est l'ennui qui dévore une femme
Belle et riche, et comment, et par quoi l'apaiser ?
Ce qu'on n'achète pas dans ce Paris infâme,
C'est un timide amour, c'est un chaste baiser;

Et c'était là parfois le seul rêve d'Angèle,
La douce vision qui troublait son sommeil,
Sous les rideaux brodés de son it de dentelle,
Alors que pâlissait la lampe de vermeil

Il lui prenait encor d'étranges fantaisies :
Quitter le monde, fuir aux lieux inhabités;
Son esprit s'emplissait de sombres poésies,
Et de drames sanglants dans leurs fatalités.

D'autres fois, se parant d'une grâce pudique,
En peignoir de linon, les cheveux en bandeaux,
Elle redevenait la candide Angélique,
La perle de beauté cachée au fond des eaux.

Puis, elle avait des goûts excentriques, bizarres,
Parlait chevaux pur sang, rêvait mets inconnus,
Ou macérant sa chair par des actes barbares,
Impitoyablement flagellait ses seins nus.

Il existe, dit-on, une fleur introuvable,
Qui croît dans un pays lointain et merveilleux;
Une étonnante fleur à la voix adorable,
Le charme de l'ouïe et le charme des yeux.

Idéal ! Idéal ! c'est toi, cette fleur rare,
Qui sans cesse irritant notre éternel désir,
S'éloigne, fuit encore et toujours nous égare,
C'est toi, la *Fleur qui chante,* impossible à saisir.

Le mari d'Angélique, en homme raisonnable,
Laissait faire sa femme, et, comme passe-temps,
S'était accommodé d'une fille admirable,
Qui traînait sa beauté dans les cafés chantants.

A Paris, ce sont là choses fort ordinaires
De trouver des époux aussi bien assortis;
Femmes sans jalousie et maris débonnaires
Vivent séparément, de l'accord des partis.

Plus de tendres amours, plus de douces caresses,
Près du foyer désert vient grelotter l'ennui :
Madame a des amants, Monsieur a des maîtresses,
Et tout va pour le mieux, — c'est la mode aujourd'hui.

IV.

Jamais le beau Roger n'a trouvé de cruelles.
C'est un fier gentleman, grand dompteur de chevaux,
Amateur de brelans et coureur de ruelles,
Célèbre au champ de course et dans les villes d'eaux.

Il fut, pendant un temps, l'un des rois de la mode :
La jeunesse dorée écoutait ses leçons
Et lui faisait la cour, le sachant peu commode ;
Il avait eu des duels de toutes les façons.

Se raillant de l'amour, persiflant le courage,
Plus traître qu'un stylet et plus faux qu'un jeton,
C'était au bout du compte un vilain personnage,
Malgré tous ses grands airs de roué de bon ton.

Quelques-uns le tenaient d'origine suspecte,
Mais le disaient tout bas, n'étant point spadassins :
Bah ! quand on a de l'or et la mise correcte,
Peut-on vous demander de meilleurs parchemins ?

Le vicomte Roger fréquentait les deux mondes,
— Le grand et le demi ; — c'est une volupté,
Lorsque l'on s'est courbé sous des amours immondes,
De traiter en vainqueur une altière beauté.

Ce fut un soir de bal, au son de la musique,
Que notre séducteur attaqua savamment
L'imprenable vertu de la fière Angélique,
Qui soutint cet assaut sans faiblir un moment.

Mais quel cœur féminin est-il toujours de glace?
Quel, de tous les combats, sort-il donc triomphant?
Roger, c'est tour à tour Werther et Lovelace!
Angèle est sans amour, Angèle est sans enfant.

Toi, qui n'as pas senti les douces allégresses
De la maternité s'éveillant dans ton sein;
Toi, qui ne connais point les naïves caresses
Et le babil joyeux d'un rose chérubin;

Toi, qui n'as pour lien qu'un lourd devoir stérile,
Quelle petite voix rieuse chassera
De la Tentation le cauchemar fébrile?
Qui te protégera? qui te consolera?

L'Enfant, c'est la gaîté, l'Enfant, c'est le courage,
C'est le fruit attendu des floraisons d'avril,
C'est le ressouvenir des chansons du jeune âge,
Et c'est le bouclier au moment du péril...

Angèle a succombé! D'abord on s'évertue
A douter, tant sa chute étonne tout Paris.
Puis au club on glosa : « Hé quoi ! déjà battue,
Sans nous donner le temps d'établir les paris! »

Dans les brillants salons on railla le bon sire
(Je parle du mari) ; perfides jusqu'au bout,
Les femmes le plaignaient, disant : « C'est mal d'en rire. »
Bref, ces grands déshonneurs furent d'un haut ragoût.

Tandis que la *gentry*, friande de scandales,
Se racontait ainsi l'événement du jour,
Loin des amis jaloux et des beautés rivales,
Nos amants se juraient un éternel amour.

V.

La petite maison se cache sous les branches.
C'est un nid d'amoureux, frais, coquet, parfumé ;
Sur ses murs le jasmin grimpe avec les pervenches
Et les liserons blancs quand vient le mois de mai.

Dès l'aube, en souriant, le soleil la salue,
Et les oiseaux jaseurs nichés dans les buissons,
De l'astre aux rayons d'or annoncent la venue
Par des trémoussements d'ailes et des chansons.

Point d'usine bruyante ici, point d'industries ;
A l'entour tout est calme, et l'œil peut contempler
Un horizon sans fin de campagnes fleuries,
Que des troupeaux errants parfois viennent peupler.

Au dedans la maison est une bonbonnière
En style Pompadour ; les décors de Boucher
N'ont point encor perdu leur grâce printanière,
Un temple de l'Amour sert de chambre à coucher.

Séjour voluptueux digne de Cythérée,
A grands frais décoré selon le goût du temps,
Sous Louis Quinze il fut la nouvelle Caprée
Où vinrent s'ébaudir caillettes et traitants.

C'est là, dans cet Éden sensuel et mystique,
Qu'Angélique et Roger, sous les lilas en fleurs,
De l'âme et de la chair entonnant le cantique,
Cachent à tous les yeux d'adultères pâleurs.

Rivale de l'Amour, déesse sans mamelles,
Compagne de la Mort, féroce Volupté,
D'autres ont pu vanter tes ivresses charnelles,
Où le mépris se mêle à la satiété.

D'autres ont célébré sur un rhythme ionique
Les plaisirs énervants, les stériles baisers;
D'autres ont adoré la Pandemos cynique
Livrant joyeusement ses flancs inapaisés.

Moi, je voudrais flétrir ces débauches infâmes
Qui n'offrent de l'amour qu'une contrefaçon,
Et dont les jeux lascifs ne valent pas, ô femmes!
Le bon, le frais baiser d'un honnête garçon...

Brave homme, dira-t-on, vous êtes ridicule.
Philémon et Baucis! une telle union
Pourra charmer ces gens à modeste pécule,
Qui visent à gagner le grand prix Montyon;

Mais nous assimiler à cette sotte espèce,
Nous, les cerveaux hâtifs d'un siècle vraiment fort,
Nous, les fils de Balzac, votre triste sagesse
Était bonne du temps de Jupiter Stator!

VI.

— Ainsi répondras-tu, société légère,
Sans souci du cancer qui te ronge les flancs.
Mais chaque jour verra s'agrandir ton ulcère,
· C'est la mort que tu vas léguer à tes enfants.

Il se prépare encor de grandes funérailles !
Et ces mondes brillants, ces mondes fortunés,
Comme de Jéricho les superbes murailles,
Tomberont tout à coup, car ils sont condamnés.

Il faut qu'un sang plus frais vienne gonfler nos veines ;
Il nous faut d'autres reins, il nous faut d'autres bras,
Il faut purifier les cœurs et les haleines,
Et relever les fronts qui se courbent trop bas.

Il faut qu'un vent d'en haut chasse les lourds miasmes
Qui rendent pestilent l'air que nous respirons;
Il nous faut des vertus et des enthousiasmes,
Par là nous serons forts, par là nous grandirons.

Tu ne crois plus au vrai, tu ne crois plus au juste,
Vieille société faite de boue et d'or,
Tu cherches des plaisirs sur ton lit de Procuste;
Ah! le fumier de Job est préférable encor!

O sainte pauvreté, mère des grandes œuvres,
Épouse du Devoir, travailleuse aux bras nus,
Toi qui mets un reflet au nom de ces manœuvres
Qui passent parmi nous haïs et méconnus!

Pauvreté qu'honoraient les vieilles Républiques,
Pauvreté des savants, pauvreté des guerriers,
Je baise avec respect tes haillons héroïques:
Les hommes étaient fiers sous tes habits grossiers!

7

Notre drap est plus fin, moins rude est notre écorce,
C'est un progrès, dit-on, je ne conteste pas.
La gaîne ne fait point d'une lame la force,
Il est encor des cœurs trempés comme un damas.

Mais ne voulez-vous pas que l'âme s'épouvante
De voir tant de faquins repus et bien vêtus,
De raffinés experts en volupté savante
Se rire insolemment de toutes les vertus !

Ils ne craignent donc pas qu'une main vengeresse,
Lasse de caresser de cyniques héros,
Dans un jour de justice et de sanglante ivresse,
Ne vienne brusquement les fouailler jusqu'aux os !

Alors, peut-être, alors, battus de la tourmente,
Déchirant leur poitrine et se frappant le front,
Semblables aux damnés de la cité dolente,
Sur les bords de l'abîme ils se repentiront.

VII.

Dans ce Paris charmant où l'esprit se façonne,
Le tragique Othello ne vient plus, l'air marri,
Sur un simple soupçon étouffer Desdémone :
C'est l'amant qui se fait le vengeur du mari.

Roger fut bientôt las de vivre loin d'un monde
Changeant dans ses amours, bruyant dans sa gaîté,
De ce monde attirant où le plaisir abonde;
Ses serments éternels durèrent un été.

L'indifférence tue aussi bien que la haine :
Angèle se sentit, par ce lâche abandon,
Mortellement frappée, et la belle hautaine
Pleura sur ses malheurs les larmes de Didon.

Elle souffrit vraiment, la pauvre humiliée.
L'amour pardonne tout, tout, hormis les mépris :
Roger à ses plaisirs l'avait sacrifiée ;
Il en riait, peut-être, auprès de ses amis.

Peut-être, dans les bras d'une indigne rivale,
Cet homme, qui flattait autrefois son orgueil,
Prodiguait-il déjà sa tendresse banale...
Ah! mieux valait l'oubli ténébreux du cercueil!

L'oubli vint, sans la mort, car nos Parisiennes
Se gardent de pousser si loin les dévoûments,
Un rayon de soleil filtrant sous les persiennes
Chasse les diables bleus et les noirs dénoûments.

Angèle reparut au bois cent fois plus belle
Qu'on ne la vit jamais, et ses adorateurs,
Se flattant en secret de la voir moins cruelle,
Enivrèrent ses sens d'éloges tentateurs.

Or, elle rebondit si haut après sa chute,
Qu'elle en eut le vertige et se prit à songer;
Mais l'orgueil, ce démon, l'emporta dans la lutte
En lui soufflant ces mots : « Où donc est le danger?

« Quand le cœur n'aime plus, la femme est toujours forte ;
Reculer maintenant, ce serait t'avouer
Coupable, et ta vengeance est-elle déjà morte?
Allons, tu dois forcer le monde à te louer

« Comme à te craindre, il faut que chacune jalouse
Ton luxe et tes succès, il faut épouvanter
Du pouvoir de tes yeux et l'amante et l'épouse;
Il faut qu'il puisse encor, l'ingrat, te regretter. »

VIII.

En plein Paris, dès lors, la superbe baronne
Étale sans pudeur ses charmes insolents,
On la hait, on la craint, elle effraye, elle étonne,
Les plus audacieux près d'elle sont tremblants.

Portant monocle d'or, éperons et cravache,
Excentrique, en un mot, de la nuque au talon,
Elle fait à Longchamps, avec l'air d'un bravache,
Écumer et bondir un fougueux étalon.

Et le monde applaudit à ces excès d'audace.
Roger même, dit-on, sur un propos léger,
Vient de se battre avec celui qui le remplace
Dans le boudoir d'Angèle à l'heure du berger.

Mais il n'est pas d'azur qu'un voile n'obscurcisse,
Pas d'océan qui garde un flot toujours uni,
Pas de mont orgueilleux qui n'ait son précipice,
Et pas d'heur qui ne soit par un malheur puni.

La tempête se forme, elle gronde, elle éclate :
C'est le mari qui vient, inattendu rival,
Sur sa part de butin poser sa lourde patte,
Et dire arrogamment : « Voici mon bien légal. »

Angèle de nouveau lui semble appétissante,
Et le vieux débauché sent croître dans son cœur
Quelques regains d'amour; puis, raison très-puissante,
Tout cet or gaspillé provoque sa rancœur.

Lorsqu'une femme veut, en devançant la mode,
Rivaliser avec des filles de portier,
Quoi que vous en disiez, un mari c'est commode
Pour payer la modiste avec le couturier,

Et voilà tout! Après il serait malhonnête
Qu'il osât réclamer une faveur. Ah! fi!
Comme superbement, en redressant la tête,
On vous l'écraserait d'un regard de défi!

Mais notre vieux baron avait une âme atroce,
Sous des dehors bénins. Il faisait le gros dos,
Le traître loup-cervier, — et sa griffe féroce,
Dès qu'elle se montrait, déchirait jusqu'aux os.

Cet homme positif vint donc trouver sa femme,
Et lui tint ce propos, en style de boursier :
« Vous avez dépensé trois millions, Madame,
C'est dix fois votre dot, et je suis le caissier

Sans être le mari... — Monsieur!... — Point de réplique,
Choisissez sur-le-champ entre le monde et moi...
— Mon choix est déjà fait, repartit Angélique,
Baron, vous savez trop tout ce que je vous doi. »

IX.

. . . .

. . . .

. . . .

. . . .

Quatre ans sont écoulés ; Angèle est séparée
De son mari, — quatre ans ! c'est une éternité
A Paris, — et déjà l'idole dédorée
Vend les derniers lambeaux de sa divinité.

Détournez-vous, mes yeux, des pâles Messalines
Que l'adultère lègue aux prostitutions.
Il est au cœur humain d'effrayantes sentines...
Gardons-nous de toucher à ces infections.

Je ne veux point tenter de trop vives peintures.
Si Juvénal l'osa, c'est que ses vieux Romains,
Naïfs dans leur cynisme et francs dans leurs luxures,
Étaient moins pudibonds que nos contemporains.

Ne scandalisons pas ce Paris hypocrite,
Qui court d'un pas léger du spectacle au sermon,
Qui, l'œil libidineux et la mine contrite,
S'enveloppe de *cant* et de qu'en-dira-t-on;

Ce beau Paris fardé, blasé, parlant morale,
Prude dans ses propos, infâme dans ses goûts,
Redoutant le péché bien moins que le scandale,
Qui veut paraître pur jusque dans ses égouts...

« Mais que devint Roger?... » Je ne veux point le taire :
Reconnu pour escroc, hué, chassé, flétri,
Ce noble sans aveu s'enfuit en Angleterre.
Les rieurs cette fois furent pour le mari;

Car dès qu'il eut jeté son épouse à la porte,
L'héroïque baron mit un crêpe au chapeau,
Et dit à ses amis : « Messieurs, ma femme est morte.
Or, généralement, le mot fut trouvé beau.

TABLE.

Imprimé

PAR J. CLAYE

POUR A. LEMERRE, LIBRAIRE

A PARIS

I

PETITE BIBLIOTHÈQUE LITTÉRAIRE
(AUTEURS ANCIENS)

Volumes petit in-12 (format des Elzévirs)
imprimés sur papier de Hollande.
Chaque volume : 4 fr. & 5 fr.
*Chaque ouvrage est orné d'un portrait-frontispice
gravé à l'eau-forte.*

LA FONTAINE. *Fables,* avec une notice & des notes par
M. A. PAULY. 2 volumes (épuisés).

— *Contes,* avec des notes par M. A. PAULY.
2 volumes (épuisés).

REGNIER. *Œuvres complètes,* publiées par E. COURBET.
1 volume (épuisé).

LA ROCHEFOUCAULD, textes de 1665 & de 1678,
publiés par CH. ROYER. 1 volume. . . . . 4 fr.
MANON LESCAUT. 1 volume. . . . . 4 fr.
BEAUMARCHAIS. *Théâtre* (le Barbier de Séville). 1 vol. 4 fr.
DAPHNIS ET CHLOÉ, avec notice par E. CHARAVAY,
1 volume. . . . . 5 fr.
ŒUVRES COMPLÈTES DE MOLIÈRE, tome 1er.. . . . . 5 fr.
— — — tome 2. . . . . 5 fr.

En préparation :
Molière. — Voltaire (*Romans & Contes*). — Corneille.
Boileau. — Racine. — Paul Louis Courier. — La Bruyère.
Hamilton. — De Maistre. — Hégésippe Moreau.
Shakespeare, traduction de F.-V. Hugo.
Les Œuvres d'Horace, traduites par Leconte de Lisle.
Le Mariage de Figaro. — Boccace.
Paul & Virginie. — *Voyages de Gulliver.*
Robinson Crusoé. — *Don Quichotte.* — *La Princesse de Clèves.*
Marianne. — &c., &c., &c.

Il est fait un tirage sur papier Whatman, au prix de 20 fr. le vol.
& 25 fr. le vol. sur papier de Chine.

PETITE BIBLIOTHÈQUE LITTÉRAIRE

AUTEURS CONTEMPORAINS.

Volumes petit in-12 (format des Élzévirs)
imprimés sur beau papier velin teinté
Chaque volume : 5 fr. & 6 fr.

*Chaque ouvrage est orné du portrait de l'auteur
gravé à l'eau-forte.*

FRANÇOIS COPPÉE. Poésies (1864-1869). 1 volume.   5 fr.
—   —   Théatre (1869-1872). 1 vol...   5 fr.
THÉODORE DE BANVILLE. Poésies (1870-1871). *Idylles
prussiennes.* 1 volume........................   5 fr.
ANDRÉ LEMOYNE. Poésies (1855-1870) *Les Charmeuses.—
Les Roses d'antan.* 1 volume....................   5 fr.
JOSÉPHIN SOULARY. Œuvres poétiques (1845-1871).
Sonnets. 1 volume...........................   6 fr.
—   —   *Poëmes et Poésies.* 1 volume...   6 fr.
SULLY PRUDHOMME. Poésies (1864-1865). 1 vol.   6 fr.
—   —   Poésies (1866-1869). 1 vol.   6 fr.
Anthologie des poètes français depuis le XVIe siècle
jusqu'à nos jours. 1 volume ....   6 fr.

SOUS PRESSE:

Les Stalactites, par Théodore de Banville,
Le second volume des Œuvres poétiques de Joséphin Soulary,
L'Ensorcelée, par Barbey d'Aurevilly,
et les Œuvres de Léon Gozlan.

*Il est tiré quelques exemplaires de cette collection sur papier
de Hollande, sur papier Whatman et sur papier de Chine.*

BIBLIOTHÈQUE D'UN CURIEUX.

Volumes in-12 écu, imprimés sur papier de Hollande.
Chaque volume : 5 fr. & 7 fr. 50.

Les Contes de POGGE, traduits par M. RISTELHUBER.
1 volume (épuisé).

FERRY JULYOT. *Les Élégies de la belle fille lamentant
sa virginité perdue,* avec introduction & notes par
E. COURBET. 1 volume (épuisé).

*Poésies diverses attribuées à Molière ou pouvant lui être
attribuées,* recueillies & publiées par le BIBLIOPHILE
JACOB. 1 volume. . . . . 5 »

Les Dialogues de TAHUREAU, avec notice et index, par
F. CONSCIENCE. 1 vol. 7 50

*Les Gayetez d'*OLIVIER DE MAGNY, avec notice par
E. COURBET. 1 vol. . . . . 5 »

EN PRÉPARATION :

Les Comptes du monde aduantureux.

Les Serées de GUILLAUME BOUCHET, sieur DE BROCOURT.

Les Matinées de CHOLIÈRES.

Contes & joyeux devis, par BONAVENTURE DES PÉRIERS.

Le Cymbalum mundi, par BONAVENTURE DES PÉRIERS.

&c., &c., &c.

*Il est tiré quelques exemplaires de cette collection sur
papier de Chine, au prix de 25 fr. le volume.*

✝

5

ŒUVRES COMPLÈTES

D E

LECONTE DE LISLE

HOMÈRE. Iliade, traduction nouvelle en prose. 1 vol.   **7** 50
— Odyssée, Hymnes, Épigrammes, Batrakho-
myomakhié, traduction nouvelle en prose.
1 vol. in-8º **7** 50

HÉSIODE. Hymnes orphiques, Théocrite, Bion, Mos-
khos, Tyrtée, Odes anacréontiques,
traduction nouvelle. 1 vol. in-8º **7** 50

ESCHYLE. Œuvres complètes, traduction nouvelle en
prose. 1 vol. in-8º. **7** 50

POËMES BARBARES, édition définitive, considérablement
augmentée. 1 vol. in-8º. . . . . · **7** 50

En préparation :

HORACE, texte et traduction.
VIRGILE, texte et traduction.
POËMES ANTIQUES, nouvelle édition, entièrement refondue
POËMES TRAGIQUES. Croisades & Jacqueries.
LES ÉTATS DU DIABLE, poëme.
SOPHOCLE, traduction nouvelle.
EURIPIDE, traduction nouvelle.

*Il est tiré quelques exemplaires des ouvrages de Leconte de Lisle
sur papier de Hollande,
sur papier Whatman et sur papier de Chine.*

6

ŒUVRES COMPLÈTES

DE

FRANÇOIS COPPÉE

Édition in-18 jésus, papier vélin.

POÉSIE

PREMIÈRES POÉSIES (*Le Reliquaire, Intimités*). 1 vol.	3	»
POEMES MODERNES. 1 vol.	3	»
LA GRÈVE DES FORGERONS, poëme. 1 vol.. . . .	»	75
LETTRE D'UN MOBILE BRETON. 1 vol.	»	50
PLUS DE SANG (Avril 1871). 1 vol.	»	50
LES HUMBLES. 1 vol..	3	»

THÉATRE

LE PASSANT, comédie en un acte, en vers. 1 vol. . .	1	»
DEUX DOULEURS, drame en un acte, en vers. 1 vol.	1	50
FAIS CE QUE DOIS, épisode dramatique en un acte, en vers. 1 vol.	1	»
L'ABANDONNÉE, drame en deux actes, en vers. 1 vol.	2	»
LES BIJOUX DE LA DÉLIVRANCE, scène en vers. 1 vol.	»	75
LE RENDEZ-VOUS, comédie en un acte, en vers. 1 vol.	1	»

ÉDITION ELZÉVIRIENNE

POÉSIES DE FRANÇOIS COPPÉE (1864-1869)

(*Le Reliquaire.— Intimités.— Poëmes modernes.
La Grève des Forgerons.*)

1 vol. in-12 couronne, imprimé en caractères antiques sur papier teinté, et illustré d'un portrait de l'auteur gravé à l'eau-forte par Rajon . . .   5 fr.

THÉATRE DE FRANÇOIS COPPÉE (1869-1872)

(*Le Passant. — Deux Douleurs. — Fais ce que dois.
L'Abandonnée. — Les Bijoux de la Délivrance.*)

1 vol. in-12 couronne. . . . .   5 fr.

Il est tiré quelques exemplaires des œuvres de François Coppée sur papier de Hollande, sur papier Whatman et sur papier de Chine.

7

POETES CONTEMPORAINS.

Volumes in - 18 jésus imprimés en caractères antiques sur beau papier vélin.
Chaque volume, 3 fr.

JEAN AICARD.	Les Jeunes Croyances.	1 vol.
— —	Rébellions, Apaisements. . . .	1 vol.
J.-E. ALAUX.	Les Tendresses humaines. . .	1 vol.
THÉODORE DE BANVILLE.	Les Exilés.	1 vol.
— —	Nouvelles Odes funambulesques.	1 vol.
ÉMILE BERGERAT	Poëmes de la guerre.	1 vol.
C. ROBINOT - BERTRAND.	La Légende rustique.	1 vol.
— —	Au bord du fleuve.	1 vol.
ÉMILE BLÉMONT.	Poëmes d'Italie.	1 vol.
ARTHUR DE BOISSIEU. . .	Poésies d'un passant.	1 vol.
F. BOISSONNEAU.	Échos & Reflets.	1 vol.
PHILOXÈNE BOYER. . . .	Les Deux Saisons.	1 vol.
ALFRED BUSQUET.	Représailles.	1 vol.
HENRI CAZALIS.	Melancholia.	1 vol.
FÉLIX CELLARIER. . . .	Paris délivré.	2 vol.
CAMILLE CHABANEAU. .	Poésies intimes.	1 vol.
ALEXIS DE CHABRE. . . .	Boutades sur l'amour & le mariage.	1 vol.
FRANÇOIS COPPÉE. . . .	Premières Poésies.	1 vol.
— —	Poëmes modernes.	1 vol.
— —	Les Humbles.	1 vol.
ÉMILE CORRA.	Jours de Colère.	1 vol.
PAUL DELAIR.	Les Nuits & les Réveils. . . .	1 vol.
ÉMILE DESCHAMPS. . . .	Poésies complètes.	2 vol.
LÉON DIERX.	Les Lèvres closes.	1 vol.
ÉLIE FOURÈS.	Ondeline.	1 vol.

POETES CONTEMPORAINS (suite).

ARISTIDE FRÉMINE. . . .	Floréal.	1 vol
GLASER.	Nuits sans étoiles (texte alle-	
	mand & traduction).	1 vol.
ALBERT GLATIGNY. . . .	Gilles & Pasquins.	1 vol.
LÉON GRANDET	Gul.	1 vol.
— —	Jeannette	1 vol.
ÉDOUARD GRENIER. . . .	Amicis.	1 vol.
— —	Petits Poëmes.	1 vol.
LOUISE D'ISOLE.	Après l'amour.	1 vol.
— —	Passion.	1 vol.
WINOC JACQUEMIN. . . .	Sonnets à Ninon.	1 vol.
CHARLES JOLIET.	Les Athéniennes.	1 vol.
GEORGES LAFENESTRE. . .	Espérances.	1 vol.
LÉOPOLD LALUYÉ.	Poésies.	1 vol.
LAURENT-PICHAT.	Avant le jour.	1 vol.
NELLY LIEUTIER.	Chemin faisant.	1 vol.
ROBERT LUZARCHE. . . .	Les Excommuniés.	1 vol.
GABRIEL MARC.	Soleils d'octobre.	1 vol.
ALBERT MÉRAT.	Les Chimères.	1 vol.
ARMAND RENAUD. . . .	Nuits persanes.	1 vol.
L.-X. DE RICARD. . . .	Ciel, Rue & Foyer.	1 vol.
ROCARESCO.	Légendes & Doïnes.	1 vol.
ALFRED RUFFIN	Premiers Regards	1 vol.
LOUIS SALLES.	Les Amours de Pierre & de Léa.	1 vol.
— —	La Vie du Cœur.	1 vol.
LOUISA SIEFERT.	Rayons perdus.	1 vol.
— —	Les Stoïques.	1 vol.
— —	Comédies romanesques	1 vol.
ARMAND SILVESTRE. . . .	Les Renaissances.	1 vol.
SULLY PRUDHOMME. . . .	Stances & Poëmes.	1 vol.
— —	Les Épreuves.	1 vol.
— —	Les Solitudes.	1 vol.
ANDRÉ THEURIET.	Le Chemin des bois.	1 vol.
PAUL VERLAINE.	Poëmes saturniens.	1 vol.
CHARLES WOINEZ. . . .	La Guerre des fourmis.	1 vol.
*** **	Posthuma.	1 vol.

PRIX DIVERS :

Le Parnasse contemporain (1866). Recueil de poésies inédites des principaux poëtes de ce temps. 1 vol. grand in-8°, papier vélin. . . . . 8 »

Le Parnasse contemporain (1869). Recueil de poésies inédites des principaux poëtes de ce temps. 1 vol. grand in-8°, papier vélin. . . . . 10 »

François Coppée. *Intimités.* 1 vol. in-18. . . . . 1 50

Charles Coran. *Dernières Élégances.* 1 vol. in-8°. . . . 6 »

Albert Glatigny. Poésies complètes (*Les Vignes folles.—Les Flèches d'or. — Le Bois*). 1 beau vol. in-18, papier teinté. . . . . 5 »

—   — *La Presse nouvelle.* 1 vol. petit in-12 . . » 50

Louisa Siefert. *L'Année républicaine.* 1 vol. in-18 jésus. 1 50

Édouard Grenier. *Sémeia*, poëme, in-18 . . . . » 75

Albert Mérat. *L'Idole.* 1 vol. in-12 couronne, imprimé sur papier vergé. . . . . 2 »

Albert Mérat. *Souvenirs.* 1 vol. in-12 couronne. . . . . 2 »

Albert Mérat & Léon Valade. *Intermezzo*, traduction nouvelle, en vers. 1 vol. in-18. . . . . 1 50

Paul Verlaine. *Fêtes galantes.* 1 vol. in-12 couronne, papier vergé . . . . 2 »

Paul Verlaine. *La Bonne Chanson.* 1 vol. in-12 couronne, papier teinté. . . . . 2 »

F. Barré. *Poésies pour Alceste.* 1 vol. in-12 couronne, papier vergé. . . . . 2 »

Émile Grimaud. *Chants du bocage vendéen.* 1 vol. in-18, llustré de 7 eaux-fortes par M. Octave de Rochebrune. 6 »

Ernest d'Hervilly. *Les Baisers.* 1 vol. petit in-12. . . . 2 »

Louise d'Isole. *Merlin*, poëme. 1 vol. in-18. . . . . . . 2 »

Paul Demeny. *Lied de la Cloche*, traduit de Schiller. 1 vol. in-12 couronne, papier teinté. . . . . 2 »

POEMES NATIONAUX

Volumes in-16, imprimés en caractères antiques sur papier teinté.

Leconte de Lisle . .	Le Sacre de Paris. 1 vol. . . .	»	50
—	Le Soir d'une bataille. 1 vol. . . .	»	50
François Coppée. .	Lettre d'un Mobile breton. 1 vol.	»	50
—	Plus de sang! (avril 1871). 1 vol.	»	50
Émile Bergerat. . .	Les Cuirassiers de Reichshoffen. 1 vol.	»	50
—	Le Maître d'école. 1 vol. in-18.	»	50
—	Strasbourg. 1 vol.	»	50
—	A Châteaudun. 1 vol.	»	50
—	Hymne à la France. 1 vol . . .	»	50
—	Le petit Alsacien. 1 vol	»	50
André Theuriet. . .	Les Paysans de l'Argonne (1792). 1 vol.	»	50
—	Le legs d'une Lorraine. 1 vol.	«	50
Catulle Mendès. . .	La Colère d'un Franc-Tireur. 1 vol.	»	50
—	Odelette guerrière. 1 vol. . . .	»	50
Léon Dierx.	Les Paroles d'un vaincu. 1 vol.	»	50
Armand Renaud. . .	Au Bruit du canon. 1 vol. . . .	»	50
Auguste Lacaussade.	Cri de guerre. 1 vol	»	50
—	Le Siège de Paris. 1 vol. . . .	»	50
Frédéric Damé. . .	L'Invasion. 1 vol.	»	50
Félix Franck.	La Horde allemande. 1 vol. . .	»	50
Albert Glatigny . .	Rouen. 1 vol..	»	50
Claude Duflot . . .	Aux enfants morts. 1 vol . . .	»	50
Louisa Siefert . . .	Les Saintes Colères. 1 vol . . .	»	50
Léopold Laluyé. . .	A la France. 1 vol	»	50
H. Dunesme.	Les deux revanches et Le 88ᵉ de ligne	1	»
Joséphin Soulary. .	Pendant l'Invasion. 1 vol. . . .	1	»
Charles Diguet . .	L'Épopée prussienne. 1 vol. . .	1	»
Félix Franck	Chants de colère. 1 vol	2	»
Poisle-Desgranges.	Pendant l'orage. 1 vol.	2	»

11

OUVRAGES RELATIFS A LA GUERRE DE 1870-1871

ET AUX DEUX SIÉGES DE PARIS

BIBLIOTHÈQUE DRAMATIQUE.

Volumes in-18 jésus, imprimés sur beau papier vélin.
Chaque volume, 3 fr.

SONNETS ET EAUX-FORTES

Un très-beau vol. in-4°, imprimé sur papier vergé des Vosges
PRIX, BROCHÉ : 100 fr.
(Quelques exemplaires seulement.)

Cet ouvrage n'a été tiré qu'à 350 exemplaires.
Les planches ont été détruites après qu'un tirage justificatif
en a été fait & déposé
à la Bibliothèque nationale, département des estampes.

SONNETS

DE

MM. Jean Aicard, Autran, Théodore de Banville, Auguste Barbier,
Louis Bouilhet, Henri Cazalis, Léon Cladel, François Coppée,
Antoni Deschamps, Émile Deschamps,
Léon Dierx, Emmanuel des Essarts, Anatole France, Théophile Gautier,
Albert Glatigny,
Édouard Grenier, José Maria de Heredia, Ernest d'Hervilly,
Arsène Houssaye, Georges Lafenestre, Victor de Laprade,
Laurent-Pichat, Leconte de Lisle,
André Lemoyne, Luzarche, Gabriel Marc,
Catulle Mendès, Judith Mendès, Albert Mérat,
Paul Meurice, Claudius Popelin, Armand Renaud, L.-X. de Ricard
Sainte-Beuve, Joséphin Soulary,
Sully Prudhomme, Armand Silvestre, André Theuriet,
Auguste Vacquerie, Léon Valade, Paul Verlaine, Jean Vireton.

EAUX-FORTES

DE

MM. Tancrède Abraham, Boilvin, Bracquemond, Corot, Courtry,
Daubigny, Gustave Doré, Edwards,
Ehrmann, Feyen-Perrin, Léopold Flameng, Français,
Gaucherel, Gérome, Giacomotti,
V. Giraud, Hédouin, Jules Héreau, G. Howard, Victor Hugo, Jacquemart,
Jongkindt, Jundt, Lalanne, Lansyer, Émile Lévy,
Leys, Manet, Michelin, Millet, Ed. Morin, Célestin Nanteuil,
Claudius Popelin, Queyroy, Rajon, Ranvier, Félix Régamey,
Ribot, Rops, Seymour-Haden Solon, Veyrassat.

15

COURS HISTORIQUE

DE

LANGUE FRANÇAISE

PAR

CH. MARTY-LAVEAUX

En vente :

DE L'ENSEIGNEMENT DE NOTRE LANGUE

1 vol. in-12 couronne, papier teinté. . . . . 1 fr.

En préparation :

Grammaire élémentaire. — Grammaire historique.
Prononciation. — Orthographe.
Ponctuation. — Origine et formation de la langue française.
La langue française aux XVIᵉ, XVIIᵉ, XVIIIᵉ, XIXᵉ siècles.
Principes d'étymologie.
Noms de lieux et noms de personnes. — Dialectes et patois.
Langage populaire et proverbial.
Langage des Précieuses. — Langage de la Révolution.

Voir pour les autres publications de M. Ch. Marty-Laveaux,
pages 1 et 20 du catalogue de la librairie Alphonse Lemerre.

16

NOUVELLE
COLLECTION JANNET

Volumes in-16, imprimés en caractères anciens sur beau papier.
Prix, brochés ou cartonnés en toile bleue, 2 fr.
Sur pap. vél. de fil, br., dans un etui en percal. bleue, 5 fr.
Sur papier de Chine. . . 15 fr.

Les Pastorales de LONGUS, ou *Daphnis et Chloé*, traduction d'AMYOT, revue par PAUL-LOUIS COURIER, accompagnée d'un Glossaire des mots difficiles, par M. PIERRE JANNET . . . . 1 vol.

Les Aventures de Til Ulespiègle, première traduction complète, faite sur l'original allemand de 1519, avec une Notice et des Notes, par M. PIERRE JANNET. (*Seconde édition*.) . . . . 1 vol.

OEuvres complètes de FRANÇOIS VILLON, suivies d'un choix de Poésies de ses disciples, édition préparée par LA MONNOYE, mise au jour, avec une Introduction, des Notes et un Glossaire, par M. JANNET. (2e tirage.) . . . . 1 vol.

Contes fantastiques : Le Diable amoureux, par CAZOTTE. — *Le Démon marié*, par MACHIAVEL. — *Merveilleuse histoire de Pierre Schlemihl*, par ADELBERT DE CHAMISSO. . . . . 1 vol.

Paul et Virginie, par BERNARDIN DE SAINT-PIERRE. 1 vol.

Histoire de Manon Lescaut et du chevalier des Grieux, par l'abbé PRÉVOST, précédée d'une Notice et suivie de Notes par M. PIERRE JANNET. . . . 1 vol.

La Reconnaissance de Sakountalá, drame en sept actes, de KALIDASA, traduit du sanscrit par M. E. FOUCAUX, professeur de sanscrit au Collége de France. 1 vol.

17

Le Roman de Jehan de Paris, roi de France, revu sur
deux manuscrits de la fin du XVe siècle, par
M. ANATOLE DE MONTAIGLON . . . .   1 vol.

Le Diable boiteux, par LESAGE, *seule édition complète,
avec les suites,* Notice par M. PIERRE JANNET . .   2 vol.

OEuvres complètes de REGNIER, revues sur les éditions originales, suivies d'un grand nombre de
pièces posthumes ou apocryphes; avec Notice,
Notes et Glossaire par M. P. JANNET . . . . .   1 vol.

Fables de LA FONTAINE, avec préface, notes et glossaire par P. JANNET . . . .   2 vol.

Contes et Nouvelles de LA FONTAINE, avec Préface,
Notes et Glossaire par M. P. JANNET . . . . .   2 vol.

Poésies complètes de MALHERBE, avec Préface, Notes
et Glossaire par M. P. JANNET . . . .   1 vol.

OEuvres complètes de RABELAIS, édition conforme au
dernier texte revu par l'auteur, avec les variantes
de toutes les éditions originales, une Notice, des
Notes et un Glossaire par M. P. JANNET. T. I-V.   5 vol.
Sous presse, le sixième et dernier volume.

Don Pablo de Segovie, par QUEVEDO VILLEGAS,
traduit par M. GERMOND DE LAVIGNE. . . . .   1 vol.

OEuvres complètes de CLÉMENT MAROT. Tom. I-III.   3 vol.
Sous presse, le quatrième et dernier volume.

La Princesse de Clèves, par Mme DE LA FAYETTE.. .   1 vol.

Le Roman bourgeois, par FURETIÈRE, avec Notice et
Notes par M. PIERRE JANNET. . . . .   2 vol.

L'Homme à bonnes fortunes, comédie en cinq actes,
en prose, par MICHEL BARON, avec Préface et
Notes par JULES BONNASSIES . . . .   1 vol.

SOUS PRESSE :

MAROT, tome IV et dernier.
RABELAIS, tome VI et dernier.

18

OUVRAGES DIVERS

OUVRAGES DIVERS (suite).

Louis de Lyvron. *Poëmes en prose.* 1 vol. in-8º écu, papier de Hollande.	6	»
— *Fusains.* 1 vol. in-8º écu, papier de Hollande. . .	3	50
— *Vercingétorix.* 1 vol. in-8º écu, papier de Hollande	3	50
Ch. Marty-Laveaux. Lettre à l'auteur de *Rabelais & ses Éditeurs.* Brochure in-8º écu, papier vergé. .	»	50
— *Cahiers de Remarques svr l'Orthographe françoise,* pour estre examinez par chacun de Messieurs de l'Académie. Papier vergé. .	3	»
Ostrowski. *Marie-Madeleine,* drame en vers. 1 vol. in-16.	3	50
Palustre de Montifaut. *De Paris à Sybaris,* Étude artistique & littéraire sur Rome & l'Italie méridionale. 1 vol. in-8º.	7	50
Regnard. *L'Isle d'Alcine,* comédie inédite, publiée d'après un manuscrit de la Bibliothèque de l'Arsenal, par Hyp. Lucas. 1 vol. in-32 elzévirien, papier de Hollande.	2	»
Charles Yriarte. *Les Tableaux de la Guerre.* 1 fort vol. illustré de jolis croquis dans le texte, d'après les dessins de l'auteur, par Godefroy Durand.	5	«
Judith Walter (Judith Mendès). *Le Livre de Jade.* 1 vol. in-8º écu, papier de Hollande.	6	»
Catéchisme populaire républicain, 26e édition. 1 vol. petit in-12.	»	50
Catéchisme populaire républicain, édition populaire, tirée sur in-folio.	»	10
Histoire populaire de la révolution. 1 vol. petit in-12.	»	50
Histoire populaire du christianisme. 1 vol. petit in-12.	1	»
Anthologie des poètes français, depuis le xve siècle jusqu'a nos jours. Édition a l'usage des classes. 1 vol. petit in-12 cart..	3	»

NOUVEAUX ALPHABETS ILLUSTRÉS

Contenant tous les éléments de lecture et d'écriture.

Alphabet des fleurs. 1 vol in-8º, cartonné. 30 grandes gravures, noires 1 franc; coloriées.	2	»
Alphabet d'animaux. 1 vol. in-8º, cartonné. 27 grandes gravures, noires 1 franc; coloriées.	2	»
A. B. C. *Premier âge.* 1 vol. in-16, cartonné. 27 vignettes, noires 0 fr. 20 cent.; coloriées.	»	60
Lecture-écriture, *exercices méthodiques & gradués.* In-16, cartonné. 27 vignettes, noires 0 fr. 20 cent.; coloriées.	»	60

PARIS. — J. CLAYE, IMPRIMEUR, 7, RUE SAINT-BENOIT. — [430]

www.ingramcontent.com/pod-product-compliance
Lightning Source LLC
Chambersburg PA
CBHW070815250626
47170CB00006B/2111